COLLECTION DE M. B***

2e VENTE

CATALOGUE

DE

25,000 PORTRAITS

ANCIENS ET MODERNES

ESTAMPES, VIGNETTES

SUITES DE FIGURES POUR ILLUSTRATION

Livres et Recueils de portraits

PROVENANT

De la Collection de M. B***

ANCIEN MAGISTRAT (DÉCÉDÉ)

DONT LA VENTE AUX ENCHÈRES PUBLIQUES AURA LIEU

HOTEL DES COMMISSAIRES-PRISEURS, RUE DROUOT, N° 9

SALLE N° 4

Le Samedi 27 Mars 1886

A DEUX HEURES PRÉCISES DE L'APRÈS-MIDI ET A HUIT HEURES DU SOIR

Me MAURICE DELESTRE | Assisté de M. P. ROBLIN
COMMISSAIRE-PRISEUR | Quai Voltaire, 17
27, Rue Drouot. | A L'ENTRESOL

MARS — 1886

COLLECTION DE M. B***

DEUXIÈME VENTE

CATALOGUE

DE

25,000 PORTRAITS

ANCIENS ET MODERNES

ESTAMPES, VIGNETTES

SUITES DE FIGURES POUR ILLUSTRATION

LIVRES ET RECUEILS DE PORTRAITS

Provenant de la Collection de M. B***

ANCIEN MAGISTRAT, DÉCÉDÉ

Dont la vente aura lieu

HOTEL DES COMMISSAIRES-PRISEURS, RUE DROUOT, N° 9

SALLE N° 4

Le Samedi 27 Mars 1886

A DEUX HEURES PRÉCISES DE L'APRÈS-MIDI, ET A HUIT HEURES DU SOIR

Par le ministère de M⁰ **MAURICE DELESTRE**, Commissaire-Priseur,
rue Drouot, 27.

Assisté de **M. P. ROBLIN**, quai Voltaire, 17, à l'entresol.

PARIS — 1886

CONDITIONS DE LA VENTE

Elle sera faite au comptant.

Les Acquéreurs payeront *cinq pour cent* en sus des enchères.

M. P. Roblin remplira les commissions des personnes qui ne pourraient assister à la vente.

Il y aura Exposition une heure avant chaque vacation.

ORDRE DES VACATIONS

Samedi 27 Mars

PREMIÈRE VACATION

A deux heures. Portraits..................	Nos	1 à 101
— Estampes et Vignettes......		102 à 241
— Livres..................		376 à 397

DEUXIÈME VACATION

A huit heures du soir. Portraits par noms..	242 à 375
— — Portraits en lots.	

DÉSIGNATION

PORTRAITS
ET
PIÈCES SUR LA RÉVOLUTION

ANONYMES

1 — La comtesse d'Artois, entouré par les Grâces, in-18.
> Belle épreuve avant toutes lettres.

ARMSTRONG (C.)

2 — Caroline, Princess of Wales, petit ovale d'après Lawreince, dans un titre gravé, in-folio.
> Belle épreuve sur chine, toutes marges.

BARBIÉ

3 — Comte d'Estaing, — Quesnel, — Turenne, — Voltaire. Quatre portraits.
> Belles épreuves, grandes marges.

BENOIST

4 — Adélaïde-Marie Rogres Lusignan de Champignelles, d'après Mme Foullon et Hollier, in-8.
> Deux pièces, dont une à toutes marges.

BERNARDINI (Le chevalier)

5 — Jean-Bart, d'après Rigaud, in-folio.
> Épreuve à toutes marges.

BERTHET

6 — Bonaparte, le Cid, Annibal et Alexandre le Grand,
Quatre médaillons, dans un rond orné, in-8. — Napoléon,
médailles, in-8.

> Deux pièces, grandes marges.

BLANCHARD Fils (Aug.)

7 — Pie IX, d'après Biennourry, in-folio.

> Épreuve sur chine, toutes marges.

BOLSWERT

8 — Léonard Lessius, jésuite, in-folio.

> Belle épreuve, grandes marges.

BOURGEOIS DE LA RICHARDIÈRE

9 — Barré, Desfontaines et Radet, — Baptiste aîné, — A.
Bonnet, — Elleviou, — Laujon, — Plantade, — Philippe,
sept portraits.

> Belles épreuves, grandes marges.

CATHELIN

10 — Bossuet, — Marie Thérèse, — Antoine Pluche, —
Meusnier de Querlon, — Rollin. Six pièces.

> Belles épreuves.

CAYLUS (Comte de)

11 — Voltaire, in-4, en pied, — Esquisse d'après nature
faite à Verney en 1769, in-4.

> Deux pièces, grandes marges.

CHOFFARD

12 — L. P. J. d'Orléans, duc de Chartres, petit ovale dans
une pièce allégorique in-4 travers.

> Très belle épreuve du 1er état, marges.

DAVID D'ANGERS (d'après)

13 — Henry Beyle, rond, in-8.

Épreuve à toutes marges. Rare.

DESENNE (d'après)

14 — Bernardin de Saint-Pierre, — Bossuet, in-12.

Deux pièces à l'eau-forte pure, grandes marges.

DIEN

15 — Choiseul Gouffier (Le duc de), d'après Boilly, in-4.

Épreuve avant la lettre, marges.

DIVERS

16 — N. Charles, professeur de physique, rond dans un cadre, avec sujet au bas, représentant la chute d'un aérostat, in-4.

Belle épreuve, grandes marges.

17 — Sous ce numéro, il sera vendu plusieurs lots de portraits, la plupart avant la lettre.

DUPIN

18 — Charles Lee, major général de l'armée continentale, in-8.

Belle épreuve, avant le numéro.

19 — Israël Putnam, major général des troupes du Connecticut, in-8.

Belle épreuve, avant le numéro.

FICQUET

20 — Chaulieu, — Duquesne, — Prévost, — Pufferdorff, — Van der Meulen.

Six portraits.

FISHER

21 — Madame la duchesse de Polignac, gravé à Vienne, d'après Mme Le Brun, in-4.

Superbe épreuve à toutes marges. Très rare.

FROSNE (J.)

22 — César de Choiseul, duc du Plessis-Praslin, — Philippe de la Motte Houdancourt, — L. de Bourbon, duc d'Anguien, — L. de Bourbon, prince de Condé, — H. de Bourbon, prince de Condé.

Belles épreuves, toutes marges.

GAUTIER L'AÎNÉ

23 — Napoléon Ier, — Joséphine, deux ovales, soutenus par un génie et une renommée, dans un cadre orné, grand in-8.

Belle épreuve, marges.

GAVARNI

24 — Mélingue, comédien et statuaire, — Henri Monnier, en pied, in-4.

Deux pièces sur chine, toutes marges.

GUÉRIN

25 — M. Persi, chirurgien-major du régiment de Berry, dont le père mourut la veille qu'il remporta le prix de chirurgie, de l'Académie de Paris, pièce ronde, très finement gravée, in-8.

Belle épreuve. Rare.

HIVENNE

26 — Molière (J.-B. Poquelin de), d'après Mignard, in-12.

Très belle épreuve, grandes marges.

27 — A. Arnault, — Le Nain de Tillemont, — Duc de Luxembourg, — Cardinal de Richelieu, — J.-B. Santeuil, — Turenne. Six portraits.

Belles épreuves, grandes marges.

HOPWOOD

28 — Talma, d'après Deveria, in-8.

Deux épreuves, dont une avant toutes lettres, sur chine.

HOUBRAKEN

29 — Sophie Dorothée de Brunswich-Lunebourg, reine de Prusse, — Cromhout, — Werkolie. Trois portraits.

Belles épreuves.

HUBERT

30 — Hue de Miromesnil, premier président au parlement de Normandie, in-8.

Belle épreuve, avant le numéro, grandes marges.

31 — Chateauregnaut, — Maréchal d'Estrées, — Comte de Forbin, — La Galissonnière, — La Roche Saint-André, — Comte de Toulouse, — Tourville, — de Valbelle. Neuf portraits, in-8.

Belles épreuves, dont une du 1er état, grandes marges.

INGOUF LE JEUNE

32 — Poétes et littérateurs, in-12.

Dix-huit portraits, dont neuf avec la lettre grise, grandes marges.

JANINET

33 — J.-J. Rousseau secourant une vieille femme, in-4.

Belle épreuve en couleur, à toutes marges.

JOSI (C.) 1798

34 — Exécution de Marie-Antoinette, d'après Cüylenburg, in-8.

Très belle épreuve, grandes marges.

KELLER (JEAN)

35 — Maurice, comte de Fries, d'après madame Le Brun, ovale in-8.

Très belle épreuve, marges.

LANGLOIS (P.-G.)

36 — Pierre Ier, — J. Garrel, — Le Dominiquin. Trois pièces.
  Belles épreuves.

LAUNAY (N. DE)

37 — Mme de Graffigny, in-18. — Raynal, in-8.
  Deux portraits.

LE BEAU

38 — Bossuet. — Clément XIV. — Charles Emmanuel, prince de Piémont, — Joseph Necker, — Maréchal de Saxe. Six pièces.
  Belles épreuves, dont quatre avant les numéros.

LE ROY

39 — Henri IV, roi de France, in-8.
  Deux épreuves, dont une à l'eau-forte pure.

LE VASSEUR (J.-C.)

40 — Paul d'Albret, cardinal de Luynes, in-8.
  Très belle épreuve, en feuille.

MARCENAY DE GUY

41 — Charles V, — de l'Hospital, — Sully, — Henry IV, — Henry, comte de Berghe. Cinq portraits, in-12 et in-4.
  Belles épreuves, grandes marges.

MASSARD (ALEX.)

42 — Dupaty (E.), académicien, in-8, d'après Devéria.
  Quatre épreuves avant la lettre, dont une à l'eau-forte pure.

MASSOL

43 — Marie-Anne-Charlotte Corday, ci-devant Darmans, âgée de 25 ans. Médaillon dans un cadre, avec scène au bas représentant l'assassinat de Marat, d'après Queverdo, in-8.
  Belle épreuve, imprimée en bistre.

MECKEL (Chr. de) et HUBNER

44 — Jean Frobenius, imprimeur, — Thomas Morus, — Jacobus Meierus et sa femme, — Amerbach, — Erasme. Six portraits in-4.

Belles épreuves, à toutes marges.

MONCORNET

45 — Henry, comte de Bergue. — H. C. Lonck, amiral, — Amélie de Solms, — Albert, duc de Fridlandiæ. Quatre portraits in-8, avec entourages.

Belles épreuves.

MORGHEN (Raphael)

46 — Alfiéri, — Canova, — Guicci Ardini. Trois portraits, ovales, in-8.

Belles épreuves, à toutes marges.

NANTEUIL (Célestin)

47 — Théophile Gautier, in-4.

Belle épreuve sur chine, toutes marges.

PIÈCES HISTORIQUES

48 — De par le Roi. Ordre général du départ des postes, pour l'année 1776. Placard in-folio.

Pièce rare, intéressant la ville de Paris.

PRÉVOST (B.-L.)

49 — H. Gatès, — H. Laurens, d'après du Simetier, in-8.

Deux pièces, dont une avant la lettre.

PUJOS (d'après)

50 — S. Richardson, auteur de Clarisse Harlowe, in-8.

Belle épreuve, marges.

RÉVOLUTION FRANÇAISE

PIÈCES HISTORIQUES ET PORTRAITS

51 — Neuf figures, de Duplessis-Bertaux, épreuves avant la lettre, — Vingt-deux portraits des personnages les plus célèbres, in-18.

> Trente et une pièces pour faire suite au volume de Rabaut : *Précis historique de la Révolution française.*

52 — Eh donc, Coqco, — Le Sans tort, — Aristocrate croyant à la révolution, et Aristocrate croyant à la contre-révolution. Trois médailles en bistre et en couleur.

> Belles épreuves.

53 — Le roi Janus, ou l'Homme à 2 visages, — Grand événement survenu à un grand général, — Jolies pensées de l'abbé Maury, trois pièces in-4° à l'eau-forte et à la manière noire.

> Belles épreuves, toutes marges.

54 — La guerre constitutionnelle, — Groupe de députés cherchant à Brissoter, — Grands envoyés extraordinaires de leurs majestés les Jacobins, pour le blanchissage de Jourdan, trois pièces à la manière noire.

> Belles épreuves.

55 — L'général (Lafayette) vat en guerre, — La Bascule patriotique, — La Balance de Thémis. Trois pièces, en travers, imprimées en bistre.

> Belles épreuves, à toutes marges.

56 — Régénération du capucin Chabot, — Chute prochaine de la fille à Target, — Pompes funèbres du très haut clergé de France. Trois pièces in-4, imprimées en bistre.

> Belles épreuves, grandes marges.

RÉVOLUTION FRANÇAISE

57 — La fin malheureuse d'un avare aux approches de la mort, — Le Financier Colin-Maillard, ou le Casse-Cou public. — La Graine de Niais, ou les ruses de Finus Bougrus. Trois pièces in-4, gravées à l'eau-forte.

> Épreuves à grandes marges.

58 — Adoration des patriotes à l'aspect d'un gros sous. — Digestion de la Constitution, — Halte-là, monstres.

> Trois pièces ovales, en travers, gravées à la manière noire, toutes marges.

59 — Les formes acerbes, allégorie représentant un homme entre deux guillotines, buvant du sang humain. In-4.

> Belle épreuve, imprimée en bistre.

60 — Un Sans-Culotte, instrument de crimes, dansant au milieu des horreurs, vient outrager l'Humanité pleurante auprès d'un cénotaphe, in-8 et in-4.

> Quatre pièces différentes.

61 — Deux pièces ovales, caricatures sur le clergé, in-4.

> Belles épreuves, dont une avant la lettre.

62 — Voyage du premier consul en l'an XI, — Le triomphe de l'empereur Napoléon Ier. Deux pièces, in-8 et in-4.

> Belles épreuves, à toutes marges.

63 — Pièces satiriques, caricatures, sujets historiques, etc.

> Quatorze pièces.

64 — J. Challier dans sa prison, in-4, travers.

> Belle épreuve, grandes marges.

65 — *Basset.* Portraits de Bailly, — Buzot, — J.-B. Colaud, Couthon, — De Crillon, — De la Haye Delaunay, — Démeunier, — Duport, — Dupré, — Emmery l'aîné, — Fabre d'Églantine, — Jos. de la Borde, — Garran, — M. Gérard, — Gregoire, — A. de Lameth, — Ch. de Lameth, — Le Camus, — Le Chapelier, — Le Floch, — Mirabeau, — duc d'Orléans, — Poncet Delpech, — Robespierre, — Target.

> Vingt-quatre pièces in-18, manière noire et bistre.

RÉVOLUTION FRANÇAISE

66 — *Bonneville*. Portraits de députés, généraux, littérateurs, personnages célèbres, in-8. Quatre-vingt-huit pièces.

> Épreuves du premier tirage, toutes marges.

67 — *Dejabin*. Portraits de MM. les députés de l'Assemblée nationale de 1789. Cinquante-quatre pièces.

> Épreuves à toutes marges.

68 — *Fiésinger*. Généraux de la Révolution et de l'Empire.

> Dix-neuf portraits in folio, d'après Guérin, toutes marges.

69 — *Fiésinger*. Portraits de généraux et de députés, Ovales in-8, d'après Guérin. Trente pièces.

> Belles épreuves, dont cinq du 1er état.

70 — *Gonord*. Portraits de MM. les députés de l'an VIII et du Conseil des Cinq-Cents, in-18, imprimés à la manière noire.

> Trente et une pièces.

71 — *Levachez*. Portraits de Messieurs les députés à l'Assemblée nationale de 1789. in-4. Trente-neuf portraits en bistre et en couleur.

> Belles épreuves.

72 — *Quénedey*. Portraits de personnages célèbres, gravés au physionotrace. Cinquante-six pièces avec les noms,

73 — *Marie-Antoinette*, par Bonneville, Pierron, Couché, Levachez, etc. Vingt-six portraits anciens et modernes gravés et lithographiés.

> Un portrait est à l'eau-forte pure.

74 — *Louis XVI*, par Fortier, Pierron, Louvion, Moitte, Bonneville, Levachez, etc. Trente cinq portraits anciens et modernes en noir et en couleur.

75 — *Louis XVI* (famille de), Marie-Thérèse Charlotte, Madame Élisabeth, — Louis XVII, groupes, saule, etc.

> Dix-neuf pièces.

RÉVOLUTION FRANÇAISE

76 — *Louis XVII*, par Cheefmann, Bonneville, Schiavonetti et autres. Huit portraits.

77 — *Napoléon Ier*, Caricatures, portraits, allégories, etc. Quatre vingt-douze pièces, gravées et lithographiées.

78 — *Joséphine*, par Bonneville, Couché, Godefroy et autres. Dix-sept portraits dont un avant la lettre.

79 — *Marie-Louise*, par Couché, Bonneville, Prault et autres. Onze portraits, dont un à l'eau-forte pure.

80 — *Roi de Rome*. Vingt portraits gravés et lithographiés, in-12 et in-8.

81 — *Charette*, général Vendéen, ovale in-4, non signé, avec la charrette au bas, en feuilles.

> Deux épreuves différentes, l'une avec le chapeau et le baudrier, l'autre avec le mouchoir et le bras en écharpe.

82 — *Charlotte Corday*. Seize portraits différents, in-8 et in-4, gravés et lithographiés.

83 — *Mirabeau*, par Fiésinger, Mariage, Massard, Rouargue, Bonneville, etc. Trente-trois portraits in-8, gravés et lithographiés.

84 — *Roland* (Mme), par Dien, Duplessis Bertaux et autres. Treize portraits in-8 et in-4.

85 — *Généraux Vendéens*. Georges Cadoudal, Bonchamps, Charette, La Rochejacquelin, Cathelineau. Trente-sept portraits in-8, gravés et lithographiés.

86 — *Personnages divers*, par Quenedey, Dejabin, Basset et autres. Cinquante et un portraits, dont plusieurs avant la lettre et à l'eau-forte pure.

87 — *Personnages divers*, députés, généraux, journalistes: Portraits du procès Cadoudal, etc., etc. Soixante-neuf portraits in-8, plusieurs en couleur.

RÉVOLUTION FRANÇAISE

88 — *Personnages divers*. Députés à l'Assemblée nationale, généraux, etc. Cent cinquante-huit portraits, gravés, lithographiés et bois de journau...

RICHOMME

89 — Marc-Antoine Raymondi, d'après Raphael, in-4.
> Belle épreuve, toutes marges.

SAINT-AUBIN

90 — Paul Manuce, in-8.
> Deux épreuves, dont une avant la lettre, marges.

91 — Mancini Nivernois, in-8.
> Deux portraits différents, marges.

92 — Pellerin (Joseph), Collectionneur de Médailles, in-4.
> Belle épreuve, marges.

93 — Berton, Diderot, Dorat, Piron, J.-J. Rousseau. Cinq portraits.
> Belles épreuves, dont une avant la lettre.

STAAL (G.)

94 — Élisa Mercœur, — Gérard de Nerval. — Mme de Girardin, — Lamennais, — Mme de Lamartine, — La Lisette de Béranger, — Louise Lebeau, — Méry, — Hégésippe Moreau, — Murger, — Rouget de Lisle, — A. de Vigny. Douze portraits in-8.
> Belles épreuves sur chine, dont une en épreuve de graveur, en feuilles.

95 — Neuf portraits, doubles des précédents.
> Épreuves sur chine, à toutes marges.

TARDIEU

96 — Grégoire Alexandrowitz Potemkin, — Grégoire Grégoriewitz Orloff, — Paul Petrowitz, — Pierre III. Quatre portraits.
> Belles épreuves.

TASSAERT

97 — Charlotte Corday, d'après Hauer, gravé sous la direction d'Anselin, in-4, avec médaillon au bas représentant l'assassinat de Marat.
Belle épreuve à toutes marges.

98 — Le même portrait.
Superbe épreuve avant la légende et l'adresse, grandes marges.

99 — Le même personnage, gravé au pointillé dans le même sens que les précédents, in-4, sans le médaillon.
Superbe épreuve, avant toutes lettres, grandes marges.

TILLIARD (J.-B.)

100 — Projet d'établissement de secours, en cas d'incendie, des salles de spectacles, d'après Dumont, in-folio.
Belle épreuve, toutes marges.

VANGELISTY (V.)

101 — D'Argenville, — R.-J. Pothier. Trois portraits.
Belles épreuves, grandes marges.

ESTAMPES, VIGNETTES

SUITES DE FIGURES POUR ILLUSTRATION

BAILLAY (Mlle)

102 — Zilia, au temple du soleil, d'après Drax. Ovale, in-folio.
Épreuve à toutes marges.

BONNART (N.)

103 — Costumes, figures emblématiques, portraits, etc. in-4.
Cent trente et une pièces, à grandes marges.

BOREL

104 — Huit gravures in-18 pour Tom Jones.
Belles épreuves avant la lettre, marges.

BORNET

105 — Cent gravures in-8 pour Gil Blas, dont vingt avant la lettre.

BOSIO (D.)

106 — Le lever des ouvrières en linge; — Le coucher des ouvrières en linge.

Deux pièces, dont une en couleur.

CAMPION (C.)

107 — Cathédrale d'Orléans, d'après Moreau le Jeune, in-8.

Eau-forte pure, à toutes marges.

CARICATURES

108 — Par Madou, Bourdet, Daumier et autres.

Quarante-quatre pièces coloriées.

CARS LE FILS (J.-F.)

109 — Pierre Corneille. — Frontispice pour ses œuvres, in-12.

Deux pièces, belles épreuves.

CATEL

110 — Quatre gravures in-12 pour les Lettres de madame Deshoulières.

Épreuves avant la lettre, à toutes marges.

CHODOWIECKY

111 — Douze figures in-18 pour la Folle Journée ou le Mariage de Figaro.

Belles épreuves, petites marges.

112 — Quatorze vignettes pour Gil Blas, in-12.

Épreuves remargées in-4.

113 — Un portrait de Voltaire, médaillon sur le titre et cinq figures, pour illustrer Candide, in-12.

Six pièces, belles épreuves.

CHOFFARD (P.-P.)

114 — Six fleurons de titres pour les Métamorphoses d'Ovide.

> Épreuves en tirage à part, marges.

COCHIN (C.-N.)

115 — Psyché changée en négresse, figure in-8, gravée par Le Veau et Saint-Aubin.

> Belle épreuve, toutes marges.

116 — Frontispice et quarante figures in-4 pour la Jérusalem délivrée.

> Belles épreuves, grandes marges.

117 — En-têtes et culs-de-lampe.

> Quatorze pièces avant la lettre, dont une l'eau-forte pure.

118 — Vignettes pour l'Iconologie, l'Encyclopédie et autres.

> Huit pièces, dont quatre avant la lettre.

119 — Estampes pour l'Histoire de France, la Jérusalem délivrée, etc., in-4.

> Quarante-trois pièces, dont une avant la lettre, et plusieurs imprimées, à la sanguine.

CORBOULT

120 — Neuf gravures in-18 pour Paul et Virginie, suivi de la Chaumière indienne, épreuves avant la lettre. — Cinq gravures pour le même ouvrage, épreuves à l'eau-forte pure.

> Quatorze pièces, marges in-4.

121 — Un portrait et dix gravures in-8 pour Paul et Virginie, épreuves sur Chine. — Huit gravures de la même collection, épreuves d'eaux-fortes pures, in-8.

> Dix-neuf pièces, toutes marges.

DEBUCOURT

122 — Officiers anglais et écossais. — Les Anglais à Paris. — Cosaque régulier de la garde.

> Trois pièces en couleur.

DENON (Vivant)

123 — Neuf gravures in-8, d'après Fragonard, pour Don Quichotte.

Deux suites.

DESENNE

124 — Cinquante et une figures pour Walter Scott, édition
Ch. Gosselin, in-8.

Épreuves d'eaux-fortes pures, sur chine volant.

125 — Un frontispice et cinq figures in-18, pour l'Aminta, du
Tasse.

Épreuves avant la lettre, toutes marges.

DÉVÉRIA (A.)

126 — Soixante-quatre figures pour la Bible, épreuves avant
la lettre. — Trois figures pour Châteaubriand, édition
originale. — Six gravures pour Robinson Crusoé, épreuves avant la lettre, in-8.

Soixante-treize pièces, toutes marges.

127 — Daphnis, Chloé, Didon, Énée, Ascagne, la Sœur de
Didon, in-8.

Six pièces, toutes marges.

EISEN (Cu.)

128 — Six vignettes, tête de page, pour un livre d'Histoire
universelle.

Épreuves avant la lettre, tirage à part, marges.

129 — Vignettes pour les Contes de Lafontaine, édition des
fermiers généraux, in-8.

Quatre-vingt-deux pièces, plusieurs doubles.

130 — Vingt deux vignettes, fleurons, en-têtes la plupart avant
la lettre et à l'eau-forte pure.

Belles épreuves.

EISEN ᴇᴛ COCHIN

131 — Vignettes fleurons, in-18 et in-8.

Soixante-dix-huit pièces, plusieurs avant la lettre.

FOULQUIER

132 — Un portrait de vingt figures, in-8, tête de page pour les Œuvres de Boileau.

Épreuves sur chine volant, à toutes marges.

133 — Un portrait et six figures in-8, tête de page pour les Oraisons funèbres de Bossuet.

Épreuves sur chine volant, toutes marges.

134 — Un frontispice et treize vignettes, tête de page pour Télémaque.

Épreuves sur chine volant, toutes marges.

135 — Un portrait et cinquante vignettes tête de page pour les Fables de La Fontaine.

Épreuves sur chine volant, toutes marges.

136 — Cinquante gravures in-8 tête de page dont un portrait pour Molière.

Belles épreuves sur chine volant, toutes marges.

GAITTE

137 — Quarante-quatre vues de Paris sur neuf feuilles, in-4.

Belles épreuves à toutes marges.

GÉRARD

138 — Cinq gravures pour les amours de Psyché et Adonis in-4.

Belles épreuves avant la lettre, à toutes marges.

GIRARDET

139 — Neuf gravures in-8 travers, d'après Fortin pour les Œuvres de Boileau. — Douze gravures in-8, travers, d'après Percier pour les Fables de Lafontaine.

Vingt et une pièces avant la lettre, toutes marges.

GOUY (De)

140 — Les Jumeaux. — Le triomphe de l'Enfance, deux pièces ovales.

Belles épreuves.

GRANVILLE

141 — Grande course au clocher académique, trois pièces. —
Le Charenton ministériel, etc.

Huit pièces coloriées.

GRAVELOT (H.)

142 — Un frontispice et trois figures pour le Boccace, 1757.

Eaux fortes pures, grandes marges.

143 — Six culs-de-lampe pour le Boccace, 1757.

Belles épreuves, en tirage à part, marges.

144 — Estampes pour la Partie de chasse de Henri IV. Trois
pièces ovales, vignettes pour l'Iconologie, le Tasse, etc.

Six pièces, dont cinq avant la lettre.

145 — Cent vingt-cinq vignettes, fleurons, etc., pour Voltaire,
Rousseau, Boccace, Fenouillot de Falbaire et autres.

GRAVELOT, COCHIN, EISEN

146 — Cent-seize figures in-8 pour les Contes de Boccace.
Edition 1757.

Épreuves à toutes marges.

GUYOT

147 — Douze sujets de paysages sur une seule feuille.

Belle épreuve en couleur.

148 — Vues de Ruines, 4 pièces. — Paul et Virginie, 2 pièces.

Six pièces en couleur.

HÉDOUIN

149 — Un portrait et six figures pour Paul et Virginie, in-12.

Épreuves avant la lettre, sur whatman in-4.

HELMAN

150 — Bataille de Tabago, scène de la guerre d'Amérique, in-4 travers.

Eau-forte pure, marges.

JOHANNOT (Tony)

151 — Soirée d'artistes, bal à l'Arsenal, in-8.

Deux épreuves, dont une de premier tirage, toutes marges.

152 — Un portrait et vingt-quatre figures in-8 pour les œuvres de Chateaubriand.

Épreuves avant la lettre, toutes marges.

153 — Quatre gravures in-8 pour Werther, épreuves avant la lettre. — La même collection, épreuves avec la lettre.

Huit pièces, à toutes marges.

154 — Dix gravures in-8, à l'eau-forte, pour Werther.

Belles épreuves du premier état, avant l'adresse de Chardon, grandes marges.

155 — Quatre-vingt quatre fleurons de titres pour Walter Scott, édition Gosselin, in-8.

Belles épreuves, avant la lettre sur chine, toutes marges.

156 — Vignettes diverses, bois, eaux-fortes, lithographies.

Vingt-neuf pièces, plusieurs sur chine.

157 — Gravures et eaux-fortes.

Seize pièces, dont plusieurs sur chine.

JOHANNOT, CHARLET et AUTRES

158 — Quatre-vingt-sept gravures in-12 pour les Chansons de Béranger.

Épreuves sur chine, grandes marges.

LAUNAY (N. DE)

159 — Les Regrets mérités d'après mademoiselle Gérard, in-folio.

> Belle épreuve à toutes marges.

LAUNAY (R. DE)

160 — Le Mariage rompu, d'après E, Aubry, in-folio.

> Belle épreuve à toutes marges.

LEBARBIER

161 — L'Heureuse menace, figure gravée par Née pour les Chansons de Laborde, in-8.

> Eau-forte pure, grandes marges.

162 — Une pièce pour les Saisons de Saint-Lambert, in-8.

> Eau-forte pure, grandes marges.

LEFÈVRE

163 — Huit gravures pour les Lettres d'une Péruvienne.

> Eaux-fortes pures, marges.

164 — Un portrait par Delaunay et huit gravures pour les Lettres d'une Péruvienne, in-18.

> Belles épreuves, grandes marges.

165 — Douze gravures in-18 pour Ollivier, de Cazotte.

> Épreuves avant la lettre, à toutes marges.

166 — Sept figures pour Manon Lescaut, in-18.

> Épreuves à toutes marges.

167 — Six figures pour Primerose, de Morel de Vindé, in-18.

> Eaux-fortes pures, grandes marges.

168 — Dix figures pour les Voyages de Gulliver, in-18.

> Épreuves d'eaux-fortes pures, m..ges.

169 — La même collection.

> Belles épreuves avant la lettre, toutes marges.

LEFÈVRE

170 — Six figures pour Zelomir, de Morel de Vindé, in-18.

Épreuve avant la lettre, à toutes marges, une pièce est avec la lettre.

LEFÈVRE ET LEBARBIER

171 — Vingt-quatre gravures in-12, pour Don Quichotte.

Belles épreuves avant la lettre, à toutes marges.

172 — Un portrait gravé par Delvaux et vingt-quatre figures pour les Aventures de Télémaque, in-18.

Belles épreuves avant la lettre, à toutes marges.

MARILLIER

173 — La Vérité éclairant la Fable, frontispice gravé par Delaunay, pour les Fables de Dorat, in-8.

Très belle épreuve, à toutes marges.

174 — Un frontispice et quatre figures, pour Tangu et Felime, in-18.

Belles épreuves, avant la lettre, en feuilles.

175 — Un portrait gravé par Ingouf et neuf figures in-8 pour les Œuvres de Crébillon.

Belles épreuves, avant la lettre, marges.

176 — Un portrait gravé par Hubert et vingt-quatre figures in-8 pour les Aventures de Télémaque.

Belles épreuves, avant la lettre, à toutes marges.

177 — Vignettes pour Rousseau, Dorat, Télémaque, la Pucelle, etc.

Quinze pièces, dont quatre avant la lettre et deux à l'eau-forte pure.

178 — Vignettes pour la Bible, les Voyages imaginaires, l'Iliade, etc.

Trente et une pièces, la plupart avant la lettre, et à l'eau-forte pure.

MARILLIER

179 — Vignettes pour les Voyages imaginaires, les Fables de
Dorat, la Bible, l'abbé Prévost, etc.

> Cent cinquante-trois pièces.

MARTINET (A Paris, chez)

180 — Caricatures parisiennes. — Les Grisettes. — Le Solliciteur concave. — Le Solliciteur convexe.

> Douze pièces coloriées.

MEISSONNIER

181 — Le Fumeur, eau-forte du maître.

> Épreuve sur chine du premier tirage.

MILIUS

182 — Six gravures in-8, pour les Contes de Crébillon le
fils.

> Épreuves de graveurs à l'eau-forte pure, sur hollande in-4.

MONNET

183 — Neuf gravures in-8 avec cadres, pour Joseph, de
Bitaubé, épreuves à l'eau-forte pure. Sept gravures de
la même collection, épreuves avant la lettre.

> Belles épreuves à toutes marges.

184 — Un portrait et neuf figures, pour les Œuvres de Crébillon, in-18.

> Épreuves avant la lettre, en feuilles.

185 — Zadig, — le Huron (deux pièces), — Memnon, quatre
figures, pour les Romans et Contes de Voltaire. Édition
de Bouillon.

> Eaux-fortes pures, grandes marges.

186 — Un portrait et vingt-quatre figures, pour les Romans
et Contes de Voltaire. Édition Bouillon, in-8.

> Belles épreuves, plusieurs avant les numéros.

MONNET ET MARILLIER

187 — Trente-deux figures, pour les Œuvres de Florian, in-8.

Belles épreuves avant la lettre, à toutes marges.

MONNIER (Henry)

188 — Mœurs administratives, — Passe-temps, — Esquisses parisiennes, — Chansons de Béranger.

Vingt-huit pièces noires et coloriées.

MOREAU LE JEUNE (d'après)

189 — Un portrait par Saint-Aubin, et six figures in-8, pour le Lutrin.

Sept pièces, belles épreuves avant la lettre, grandes marges.

190 — La même collection.

Six pièces avec la lettre, en feuilles.

191 — Un portrait par Saint-Aubin et vingt-quatre figures in-8, pour les Œuvres de Pierre et Thomas Corneille.

Superbes épreuves avant la lettre, marges in-4.

192 — La même collection.

Épreuves avec la lettre, toutes marges.

193 — Deux portraits par Saint-Aubin, et neuf figures in-8, pour les Œuvres de Crébillon.

Belles épreuves avant la lettre, grandes marges.

194 — Un portrait par Tardieu, et trente-six figures, pour les Lettres à Émilie sur la Mythologie, in-8.

Épreuves du premier tirage, à toutes marges.

195 — Une vignette tête de page et deux figures in-8, pour les Œuvres de Despréaux.

Trois pièces avant la lettre, toutes marges.

196 — Trois figures in-8, pour Tom Jones.

Eaux-fortes pures, dont une double gravée différemment, toutes marges

MOREAU LE JEUNE (d'après)

197 — Six gravures, pour le Comte de Valmont, in-8.

Épreuves avant la lettre, toutes marges.

198 — Un portrait par Saint-Aubin, et huit gravures, pour les Œuvres de Gresset, in-8.

Belles épreuves avant la lettre, marges in-4.

199 — Quatre figures et huit portraits gravés par Saint-Aubin, pour les Œuvres d'Hamilton, in-8.

Belles épreuves avant la lettre, et avec la lettre grise, toutes marges.

200 — Un portrait par Saint-Aubin et trente figures in-8, pour les Œuvres de Molière. Édition Renouard.

Belles épreuves avant la lettre, grandes marges. Le portrait est avec la tablette blanche.

201 — Cent quarante-quatre figures, pour illustrer les Métamorphoses d'Ovide. Édition de Villenave, in-4.

Belles épreuves avant la lettre, dix sont à l'eau-forte pure ou avec la lettre.

202 — Quatre-vingt-seize pièces de la même collection.

Épreuves d'eaux-fortes pures, grandes marges.

203 — Estampes, pour illustrer les Œuvres de Jean-Jacques Rousseau. Édition 1774, in-4.

Vingt-huit pièces du premier état, avant la pagination, belles épreuves, quelques doubles.

204 — Cinquante-cinq pièces de la même collection.

Épreuves avec la pagination, quelques doubles.

205 — Un portrait et dix-sept figures, par Ponce, Simonet et autres, pour les Œuvres de Virgile, in-4.

Belles épreuves, avant la lettre, à toutes marges.

206 — Cent soixante figures et portraits, pour les Œuvres de Voltaire. Édition Renouard, in-8.

Belles épreuves, toutes marges.

MOREAU LE JEUNE (d'après)

207 — Memnon, figure pour les Romans et Contes de Voltaire. Édition Bouillon, in-8.

> Eau-forte pure, très belle épreuve, grandes marges.

208 — Gérard de Nevers, — Jean de Saintré, in-18.

> Neuf pièces, dont trois avant la lettre et une à l'eau-forte pure.

209 — L'Automne, figure in-8, pour les Saisons.

> Épreuve avant la lettre, marges.

210 — Vert-vert, — Psyché, cinq figures in-18.

> Belles épreuves, dont une avant la lettre.

211 — Voyage à l'Isle-de-France, figure in-8, gravée par Duclos.

> Eau-forte pure, marges, rare.

212 — Douze gravures, pour Tom Jones ; — vingt-six gravures, pour Télémaque ; — treize gravures, pour les fables de La Fontaine, in-8.

> Cinquante et une pièces, toutes marges.

213 — Un portrait et sept figures in-4, pour Psyché et Adonis ; — Un portrait et huit figures in-18. Réduction des mêmes.

> Dix-sept pièces, belles épreuves.

214 — Costumes russes, dix p.èces in-8.

> Épreuves avant la lettre.

215 — Deux sujets fleurons de titres, pour le Musée Robillard.

> Belles épreuves, tirage à part, toutes marges.

216 — Vignettes pour Métastase, Héloïse et Abcilard, Voltaire.

> Trois pièces à l'eau-forte pure.

217 — Vignettes in-8 et in-18 pour Rousseau, Corneille, Voltaire, Ovide, Crébillon, etc.

> Vingt pièces avant la lettre et à l'eau-forte pure.

MOREAU LE JEUNE (d'après)

218 — Vignettes pour Voltaire, Legouvé, Fromageot, Molière, Rousseau, etc.

Onze pièces, dont six avant la lettre et une eau-forte pure.

219 — Vignettes pour l'Histoire de France, Charles Martel, les Incas, Rousseau, etc.

Cinquante-six pièces, dont plusieurs avant la lettre.

NANTEUIL (CÉLESTIN)

220 — Frontispice de la Bibliothèque romantique, in-8.
Trois épreuves.

221 — Frontispice pour chansons, lithographies.
Vingt et une pièces.

ORNEMENT

222 — Quatre feuilles d'ameublement pour lits, chaises et fauteuils, in-4.

Belles épreuves en couleur, à toutes marges.

PARIZET

223 — Vingt-quatre estampes in-4, gravées au trait d'après Moitte, pour les Aventures de Télémaque.

Épreuves à grandes marges.

PAUQUET

224 — Douze gravures pour les Fables de La Fontaine, in-12.
— Douze gravures pour la Bible, in-8.

Vingt-quatre pièces sur chine, toutes marges.

PRUDHON (d'après)

225 — Quatre gravures in-4 pour l'Art d'aimer de Gentil Bernard.

Belles épreuves, grandes marges.

226 — Trois pièces de la même collection.

Très belles épreuves avant la lettre, grandes marges.

SCHEFFER (A.)

227 — Ce qu'on dit et ce qu'on pense, in-4.

Cinquante-deux lithographies en noir et coloriées.

SMIRKE

228 — Vingt-quatre gravures pour les Mille et une Nuits, in-8.

Belles épreuves à toutes marges.

229 — Vingt-quatre gravures par Gil Blas, in-8.

Belles épreuves sur chine, à toutes marges.

VERNET (Horace)

230 — Incroyables, Merveilleuses, gravés par Gatine.

Vingt-sept pièces, belles épreuves en couleur.

VIGNETTES

231 — *Frontispices*. Trois pièces du xviiie siècle.

Épreuves avant la lettre.

232 — *Eaux-fortes anciennes* pour les Saisons, frontispices, fleurons, etc.

Quatorze pièces avant la lettre et à l'eau-forte pure.

233 — *Eaux-fortes anciennes* pour l'Heptaméron, la Bible, Virgile, Galerie Choiseul, etc.

Quarante pièces, la plupart à toutes marges.

234 — *Eaux-fortes* par Vallot, Simonet, Larcher, Leprince, Martinet et autres, in-18 et in-8.

Soixante pièces, la plupart à toutes marges.

235 — *Eaux-fortes* par Johannot, Colin, Fauchery, Simonet et autres, in-8.

Quarante-sept pièces à toutes marges.

236 — *Eaux-fortes* par Desenne, Deveria, Chasselat, Colin et autres.

Cent neuf pièces, la plupart à toutes marges.

VIGNETTES

237 — *Eaux-fortes* par Desenne et Deveria, publiées dans la Bibliothèque française, in-8.

> Cinquante-deux pièces à toutes marges.

238 — *Vignettes diverses* par Marillier, Borel, Monsiau, Bornet et autres.

> Dix pièces avant la lettre et à l'eau-forte pure.

239 — *Vignettes anciennes.* Dix pièces in-8 avant la lettre et l'eau-forte pure.

> Belles épreuves.

240 — *Vignettes diverses* pour Faublas, Rousseau, La Fontaine, Molière, etc. Soixante-dix pièces.

> Belles épreuves, dont plusieurs avant la lettre et à l'eau-forte pure.

241 — *Vues d'églises* et de monuments. Seize pièces in-4, anciennes.

PORTRAITS PAR NOMS

ET EN LOTS

242 — **Angoulême** (duc et duchesse d'), duc de Berry, comte de Chambord, etc. Quatre-vingt-deux portraits, caricatures et bois de journaux.

243 — **Arago** (les frères). Réunion de vingt-deux portraits in-8 et in-4, gravures et lithographies.

244 — **Arétin**, par Desrochers, Masson, Lalaisse et autres, sept portraits in-8.

245 — **Augier** (Emile), par Masson, et gravures sur bois. Dix portraits.

246 — **Balzac** (Honoré de), par Alophe, Chenay, Carey et autres. In-12 et in-4.

247 — **Banville** (Th. de) et **Baudelaire**. Trois portraits in-8, par Geoffroy et Bracquemond.

248 — **Bayard** (le chevalier de), par Voyez, Bureau, Odieuvre et autres. Neuf portraits in-8 et in-4.

249 — **Beauharnais** (Alexandre de), par Gautier, Noël, Dutertre et autres. Vingt portraits in-8 et in-4.

250 — **Beaumarchais** (Caron de), par Delattre, Hopwood, Bracquemont et autres. Sept portraits in-8 et in-18.

251 — **Belloy** (de), par Saint-Aubin et autres. Quatre portraits. Belles épreuves.

252 — **Béranger**. Réunion de trente et un portraits, gravures, lithographies et bois. Plusieurs sont rares.

253 — **Bernis** (cardinal de), par Saint-Aubin, Guyard et autres. Quatre portraits in-18 et in-8, dont un avant la lettre et un autre à l'eau-forte pure.

254 — **Berryer**. Réunion de dix portraits in-8 et in-4; gravures, lithographies et bois de journaux.

255 — **Bertin** (le chevalier), par Bertonnier, Pauquet, Massard et autres. Six portraits, dont un avant la lettre et un autre à l'eau-forte pure.

256 — **Boileau** (Nicolas), par Ethiou, Tardieu, Daullé, Boubers, Saint-Aubin et autres. Vingt-six portraits in-8 et in-4, dont plusieurs avant la lettre et à l'eau-forte pure.

257 — **Bonaparte** (famille), Charles, Louis, Lucien, Jérôme, Lœtitia, etc. Réunion de soixante-dix portraits in-8 et in-4 ; gravures et lithographies, plusieurs avant la lettre et à l'eau-forte pure.

258 — **Bossuet**, par de Longueil, Saint-Aubin, Pourvoyeur. Massard, Lefèvre et autres. Quinze portraits in-8, dont trois avant la lettre.

259 — **Buckingham** (Georges-Villiers, duc de), par Le Bert et Odieuvre. Deux portraits in-8.

260 — **Buffon**, par Hubert, Gaucher, Chevillet, Saint-Aubin et autres. Vingt-trois portraits in-8 et in-4, dont plusieurs avant la lettre.

261 — **Byron**, par Adam, David d'Angers et autres. Dix portraits in-8. Belles épreuves.

262 — **Callot** (Jacques), par Vorstermann, Mellan et Odieuvre. Trois portraits in-8 et in-4. Belles épreuves.

263 — **Cervantès**, par Lefèvre, Hopwood et autres. Six portraits in-8.

264 — **Charles X et comte d'Artois.** Vingt-cinq portraits et caricatures.

265 — **Charron**, par Audouin, Duval et autres. Cinq pièces, dont une à l'eau-forte pure.

266 — **Chateaubriand**, par Alophe, Leguay, Delannoy, Julien et autres. Quinze portraits in-8.

267 — **Chénier** (M.-J.), par Quenedey, Bonneville, Lips, Lefèvre. Onze portraits in-8, dont deux avant la lettre.

268 — **Choiseul** (famille de). Cinq portraits in-8 et in-4.

269 — **Clairon** (Mlle), actrice. Trois portraits in-8, dont un en pied. Curieux.

270 — **Corneille** (Pierre et Thomas), par Saint-Aubin, Cathelin, Taurel, Lubin, Voyez et autres. Vingt-quatre portraits in-8 et in-4, dont deux avant la lettre.

271 — **Crébillon** (J. de) et **Crébillon** le fils, par Balechou, Duflos, Bonneville, Petit, Ingouf et autres. Quatorze portraits in-8 et in-4, dont plusieurs avant la lettre.

272 — **Descartes**, par Benoist, Lubin, Soliman, Lorieux et autres. Seize portraits in-8 et in-4, dont plusieurs avant la lettre et à l'eau-forte pure.

273 — **Deshoulières** (Mme), par Saint-Aubin, Tardieu, Van Schuppen, Ingouf et autres. Dix portraits in-8 et in-18. Belles épreuves.

274 — **Desjardins** (Martin), sculpteur. In-8 avant toutes lettres, en feuille.

275 — **Dubocage** (Mme), par Mariage et Nestler. Deux portraits in-8.

276 — **Duguay-Trouin**. Deux portraits in-8, dont un avant toutes lettres. Rare.

277 — **Duguesclin** (Bertrand), par A. Loir, Adam, Thomas et autres. Dix portraits in-4 et in-8.

278 — **Dumas** père (Alexandre). Réunion de vingt-trois portraits gravés; lithographies, caricatures et bois de journaux.

279 — — **Dumas** fils (Alexandre), par Guillaumot, Burnet, caricature. Dix-huit portraits, dont deux avant la lettre.

280 — **Épée** (l'abbé de), par Boutelou, en deux états différents et autres. Onze portraits in-8 et in-18.

281 — **Fénelon**, par Delaunay, Gaucher, Desrochers, Duflos et autres. Trente-huit portraits in-8, dont plusieurs avant la lettre et l'eau-forte pure.

282 — **Fléchier**, par Saint-Aubin, Duflos, Tardieu et autres. Neuf portraits in-8 et in-18.

283 — **Fleury** (Claude) et **cardinal de Fleury**, par Bligny, Tardieu, Macret, Crépy et autres. Sept portraits in-8 et in-4.

284 — **Florian**, par Bonneville, Soliman, Hopwood et autres. Neuf portraits in-8 et in-18, dont plusieurs avant la lettre et à l'eau-forte pure.

285 — **Fontenelle**, par Delaunay, Duflos et autres. Cinq portraits.

286 — **Gautier, Gavarni, Gérard de Nerval**. Seize portraits, par Nanteuil, Bracquemond, Bodin, Nargeot et autres.

3

287 — **Gessner**, par Le Beau, Delvaux et autres. Cinq portraits in-8. Belles épreuves.

288 — **Girardin** (Emile de), par Masson, Pauquet et autres. **Mme de Girardin.** Trois portraits; ensemble, seize portraits in-8 et in-4.

289 — **Henri IV**, par Chenu, de Longueil, Cochin, Miger, Tardieu et autres. Cinquante-quatre portraits in-8 et in-4, gravés et lithographiés, plusieurs sont avant la lettre.

290 — **Houssaye** (Arsène). Six portraits in-8 et in-4, lithographies, gravures et charges.

291 — **Hugo** (Victor). Réunion de trente-huit portraits, gravures, lithographies, caricatures, bois de journaux, etc. Plusieurs sont rares.

292 — **Janin** (Jules), par Alophe, Aubert, Chenay et autres. Quatorze portraits gravés et lithographiés.

293 — **Jeanne d'Arc.** Réunion de quinze portraits anciens et modernes; gravures, lithographies et bois de journaux.

294 — **Jefferson**, président des Etats-Unis, par Bonneville et autres. Cinq portraits in-8, dont un à l'eau-forte pure.

295 — **Joly** (Mme E.), actrice du Théâtre-Français, par Bonneville et Fortier. Deux portraits.

296 — **Joseph Le Clerc du Tremblay** (Le R. P.), capucin. Deux portraits in 8 anciens. Belles épreuves.

297 — **Kléber et Kellermann**. Réunion de trente-deux portraits in-8 et in-4; gravures, lithographies et bois. Plusieurs sont curieux.

298 — **Lacroix** (Paul) et **Frédérick Lemaître**. Deux portraits in-8 et in-4 avant la lettre.

299 — **Lafayette** (le général), de 1789 à 1830. Réunion de vingt-six portraits et caricatures. In-8, in-4 et in-folio.

300 — **La Fontaine (J. de).** Trente et un portraits in-8 et in-4, dont sept avant la lettre.

301 — **Le Kain**, acteur, par Baquoy et Touzé. Deux portraits in-8.

302 — **Lamartine** jeune et âgé. Vingt-six portraits, gravures, lithographies et bois de journaux.

303 — **Lamothe Le Vayer**, par Odieuvre, Desrochers et Landon. Trois portraits.

304 — **La Rochefoucauld** (famille de). Quatorze portraits in-8, gravés ou lithographiés.

305 — **La Tour d'Auvergne**, 1er grenadier de France, par Bonneville, Forestier, Rebel et autres. Neuf portraits in 8.

306 — **Law**, financier. Deux portraits in-12 et deux caricatures in-4. Quatre pièces.

307 — **Louis XIII**. Trente-trois portraits in-4 et in-8, et estampes allégoriques. Plusieurs en belles épreuves.

308 — **Louis XIV**, par Edelinck, Levillain, Poilly, Landry, Thomassin, Saint-Aubin et autres. Quarante-deux portraits in-8, in-4 et in-folio. Plusieurs en très belles épreuves.

309 — **Louis XV** et Dauphin. Trente portraits in-8 et in-4. Plusieurs en très belles épreuves.

310 — **Louis XVIII**, par Chabry, Eisenlohr, Cardon, Gautier et autres. Trente-quatre portraits de tous formats, dont plusieurs avant la lettre.

311 — **Louis-Philippe et famille**. Réunion de soixante et un portraits de divers formats, gravés, lithographiés et caricatures.

312 — **Maintenon** (Mme de), par Mécou, Saint-Aubin, Maradan et autres. Treize portraits in-8 et in-4.

313 — **Malfilâtre**, in-4, par Perrin. In-18 non signé, avec cadre orné. Quatre portraits, dont trois avant toutes lettres.

314 — **Malherbe**, par Lubin, Duflos, Dien, Roger et autres. Douze portraits in-8 et in-4, dont plusieurs avant la lettre et à l'eau-forte pure.

315 — **Massillon**, par Desrochers, Pollet, Roger et autres. Sept portraits, dont deux avant la lettre.

316 — **Mazarin** (le cardinal), par Mellan, Beisson, Desrochers, Th.-V. Merlen et autres. Dix-huit portraits in-4 et in-8.

317 — **Mérimée** et **Sainte-Beuve**, par David d'Angers, J. Robert, Carey, et gravures sur bois. Sept portraits.

318 — **Molière** (J.-B. Poquelin de), par Petit, Bertonnier, Desrochers, Hopwood, Larcher et autres. Vingt-six portraits in-8 et in-4, dont plusieurs avant la lettre et à l'eau-forte pure.

319 — **Montaigne** (Michel de), par Lerouge, Saint-Aubin, Bonneville et autres. Quinze portraits in-8, dont un à l'eau-forte pure.

320 — **Montesquieu**, par Benoist, Compagnie, Saint-Aubin, de Villiers, Pourvoyeur et autres. Quinze portraits in-8 et in-12. Plusieurs sont avant la lettre.

321 — **Moreau** (le général), par Bonneville, Julien, Perrot, Michel, Terniten et autres. Dix-huit portraits gravés et lithographiés.

322 — **Musset** (Alfred de), par Pollet, Riffaut et autres. Sept portraits sur bois et gravés.

323 — **Napoléon III et famille**. Réunion de cent neuf portrait gravés, lithographiés, bois de journaux et caricatures.

324 — **Noailles** (cardinal de), archevêque de Paris, par Crépy, Poilly, Langlois et autres. Quatre portraits in-8. Belles épreuves.

325 — **Nodier** (Charles), par David d'Angers, Riffaut, Lassalle et autres. Huit portraits in-8.

326 — **Orléans** (Princes d'), depuis Jean d'Orléans, comte
d'Angoulême, jusqu'à nos jours. Réunion de cent trois
portraits in-8 et in-4. Plusieurs en belles épreuves.

327 — **Paris** (François de). Deux portraits in-8 différents.
Belles épreuves.

328 — **Pascal** (Blaise), par Gaucher, Sornique, Saint-Aubin,
Edelinck, Desrochers et autres. Douze portraits in-8 et
in-4, dont un avant la lettre.

329 — **Périer** (Casimir). Réunion de vingt-deux portraits,
lithographies, charges, bois de journaux, etc.

330 — **Prud'hon**, peintre, par Le Roy, Hedouin et Geoffroy. Trois portraits in-8.

331 — **Rabelais**, frontispice et portraits, anciens et modernes. Huit pièces.

332 — **Racine** (Jean), in-18, avec scène au bas. Sans noms
d'artistes. Deux épreuves avant la lettre, dont une à
l'état d'eau-forte avancée, toutes marges. Rare.

333 — **Racine** (Jean), par Edelinck, Ingouf, Massard, Soliman, Bonneville et autres. Vingt et un portraits in-8 et
in-4. Plusieurs sont avant la lettre.

334 — **Rameau**, musicien, par Sturm, Cochin, Delattre et
autres. Quatre portraits in-8, dont un avant la lettre.

335 — **Regnard**, par Saint-Aubin, Desrochers et autres. Dix
portraits in-8, dont deux avant la lettre et deux à l'eau-
forte pure.

336 — **Richelieu** (cardinal de), par P. de Jode, Lubin,
Odieuvre, Frosne, Desrochers, Saint-Aubin et autres.
Dix-sept portraits in-8 et in-4.

337 — **Rousseau** (J.-B.), par Ficquet, Saint-Aubin, Schmidt
et autres. Six portraits in-8. Belles épreuves.

338 — **Rousseau** (J.-J.), par Delvaux, Leroux, Massard,
Saint-Aubin, Barbié, Gaucher et autres. Vingt-cinq portraits in-8 et in-4. Plusieurs sont avant la lettre.

339 — **Scarron**, par Duponchel, Ingouf, Lejeune et autres. Quatre portraits in-8, dont un avant la lettre.

340 — **Serrie** (J. de la), par Queverdo et par lui-même. Trois pièces in-8. Belles épreuves.

341 — **Sévigné** (Mme de), par Dien, Hopwood et autres. Dix portraits in-8 et in-4, dont un publié dans les *Femmes illustres* de Scudéry.

342 — **Shakespeare**, par Massol, Beaumont, Hatfield et autres. Onze portraits in-8 et in-4, dont un beau frontispice.

343 — **Staël** (Mme de), par Leguay, Muller, Bertonnier et autres. Douze portraits in-8, dont plusieurs avant la lettre.

344 — **Sterne**, par Chapuy, Larcher et autres. Quatre portraits, dont un l'eau-forte-pure.

345 — **Suffren** (le bailli de). Trois portraits in-8. Belles épreuves.

346 — **Sully**, par Chenu, Legrand, Edelinck, Gaillard et autres, dix-huit portraits in-8 et in-4, dont un à l'eau-forte pure.

347 — **Tasse** (le) par Cochin, Aveline, Delaunay, Demautort et autres, dix portraits in-8. Belles épreuves.

348 — **Thiers**. Réunion de quatre-vingt-trois portraits, caricatures, pièces satiriques, bois de journaux, etc.

349 — **Turenne**, par Saint-Aubin, Le Courbe, Lubin, Vangelisty et autres. Quinze portraits in-8 et in-4.

350 — **Voltaire** par Ficquet, Beisson, Balechou et autres, six portraits. Belles épreuves.

351 — **Voltaire** par Bertony, Petit, Tardieu, Cathelin, Saint-Aubin, Le Mire et autres, quarante-sept portraits in-8. Belles épreuves, dont plusieurs avant la lettre et à l'eau-forte pure.

352 — **Warens** (Mme de), par Chollet et Leroux, deux portraits in-8, dont un à l'eau-forte pure et l'autre avant la lettre.

353 — **Washington et Franklin.** Vingt-six portraits anciens et modernes. Quelques-uns sont rares.

354 — **Winkelman**, par Blot, Zentner, Perrot. Trois portraits in-8 et in-4.

355 — **Acteurs et personnages romantiques.** Réunion de cent vingt-six portraits de tous formats. Gravures, lithographies et bois de jouruaux. Plusieurs sont avant la lettre et à l'eau-forte pure.

356 — **Actrices.** Réunion de soixante-cinq portraits in-8 et in-4 des plus célèbres actrices des dix-huitième et dix-neuvième siècle. Gravés, lithographiés et bois de journaux.

357 — **Clergé et jurisconsultes.** Seize portraits in-8. Gravés à l'eau-forte, par Muzelle.

358 — **Contemporains.** Acteurs, écrivains, actrices, musiciens, etc. Soixante et un portrait in-8. Gravés à l'eauforte, par Guillaumot. Toutes marges.

359 — **Femmes célèbres** : Hélène de Surgères, Mme d'Epinay, Mlle Quinault, George Sand, Pompadour, Ninon, Mme Lebrun, etc., etc. Trente-six portraits in-8 et in-4. Plusieurs sont rares.

360 — **Femmes célèbres.** Réunion de soixante-treize portraits in-8 et in-4, anciens et modernes. Plusieurs en très belles épreuves.

361 — **Femmes historiques.** Reines, princesses, abbesses, impératrices, etc. Quatre-vingt-dix-sept portraits anciens et modernes, dont plusieurs très rares.

362 — **Personnages romantiques.** Quatre-vingt-trois portraits in-8 et in-4. Gravures, lithographies et gravures sur bois. Plusieurs sont rares.

363 — **Galerie du journal** « **le Voleur** ». Collection de quatre-vingt-dix-huit portraits de personnages romantiques, belles épreuves sur chine in-4. Réunion rare.

364 — Soixante-deux portraits de la même collection, épreuves sur blanc.

365 — **Galerie de la Presse**. Méry, Gozlan, A. Karr, Soulié. E. Sue, R. de Beauvoir, etc. Onze portraits, in-4.

366 — **Médaillons de David d'Angers**, gravés par le procédé Collas. Cinquante-neuf portraits in-4 de personnages romantiques. Ecrivains, auteurs, etc., dont plusieurs sont rares.

367 — **Allemagne, Bavière et Danemark**. Réunion de vingt-huit portraits in-8 et in-4. Anciens et modernes.

368 — **Autriche** (maison d'). Collection de quarante-six portraits de divers formats, des rois, reines, princes et princesses dont quelques belles épreuves de Joseph II.

369 — **Espagne et Flandre**. Collection de cent douze portraits de tous formats anciens et modernes. Plusieurs sont rares.

370 —**Musiciens**, Compositeurs, exécutants, violonistes, etc. Cent cinquante-six portraits, gravés, lithographiés et gravures sur bois.

371 — **Papes**. Réunion de deux cent vingt-quatre portraits, de tous formats, depuis l'origine, jusqu'à nos jours.

372 — **Prusse**. Réunion de cinquante portraits in-8 et in-4. Gravures et bois, dont plusieurs beaux portraits de Frédéric II.

373 — **Russie**. Réunion de soixante-seize portraits in-8 et in-4, des rois, reines, princes et princesses, depuis l'origine, jusqu'à nos jours. Plusieurs sont en belles épreuves.

374 — **Savoie** (maison de). Collection de cinquante-deux portraits in-8 et in-4 des princes et princesses, depuis l'origine. Belles épreuves, plusieurs sont avant la lettre.

375 — Sous ce numéro, il sera vendu par lots, plus de 20,000 portraits contenus dans des portefeuilles.

LIVRES

ET

RECUEILS DE PORTRAITS

376 — **Album** contenant quatre-vingt-onze dessins, croquis à la plume, calques, d'après Van Dyck, Watteau, Lancret, Callot, Johannot, etc., in-folio, demi-reliure.

377 – **Album** contenant environ 200 sujets gravés sur bois. Plus quelques vignettes du dix-huitième siècle avant la lettre et un portrait d'Ovide, par Saint-Aubin. Épreuve avant toute lettre, in-fol. cartonné.

378 — **Album**, contenant vingt-neuf figures in-8, pour le Comte de Monte-Cristo. — Huit figures de Desenne pour le Lutrin, épreuves avant la lettre, dont deux à l'eau-forte pure, et deux portraits de Mlle Mars et Mlle Raucourt, épreuves avant la lettre. Ensemble trente-neuf pièces.

379 — **Balzac** (H. de). *La Peau de chagrin*, Paris, chez Gosselin 1831, 2 vol. in-8 demi-reliure, avec les deux vignettes de titres sur chine volant. Bel exemplaire.

380 — **La Caricature**, morale, religieuse, littéraire et scénique, 1830 à 1834. Huit volumes in-4, cartonnés toile.

381 — **La Caricature et le Charivari.** Recueil de planches de la Caricature, année 1832, et de numéros du *Charivari* pour l'année 1835. Réunis en un volume in-4, demi-reliure, non rogné.

382 — **Catalogue** des objets d'arts et d'ameublements, tableaux, formant la collection San Donato, orné de nombreux dessins, dont la vente eut lieu à Florence en 1880, fort volume in-4, demi-reliure maroquin poli, avec coins, ébarbé. Bel exemplaire.

383 — **Caylus** (comte de). Histoire de Joseph, accompagnée de dix figures gravées sur le modèle du fameux Rembrandt. Amsterdam 1757, in-folio broché.

384 — **Cervantès**. Histoire de l'admirable don Quixotte de la Manche. Paris, chez Claude Barbin, 1681, 4 vol. in-12, figures, rel. v. m.

385 — **Citrouillard**. Les Binettes contemporaines, revues par Commerson. Paris, Gustave Havard, in-18, portraits-charges ; demi-reliure chagrin.

386 — **Daumier**. Cinq albums de caricatures, brochures in-4.

387 — **Description** des principales pierres gravées du cabinet de S. A. S. Monseigneur le duc d'Orléans, premier prince du sang. Paris, Pissot, 1780, 2 vol. in-folio cartonnés. Non rognés.

388 — **Desrochers**. Recueil contenant 226 portraits de personnages ecclésiastiques célèbres, et celui de Desrochers, in-4 rel. veau. Belles épreuves.

389 — **Fromageot**. Annales du règne de Marie Thérèse, dédiées à la reine. Paris, Prault, 1775, in-8, rel. veau, ant. Exemplaire tiré in-4. Rare.

390 — **Gessner**. Contes moraux et nouvelles idylles. Zuric, chez l'auteur, 1773, in-4 broché. Vignettes dessinées et gravées à l'eau-forte par l'auteur. Tome 1er, bel exemplaire non coupé.

391 — **Janin** (Jules). L'Âne mort et la femme guillotinée. Paris, Baudouin, 1829, 2 tomes en un volume in-12, figures, frontispices, demi-rel. v.

392 — **La Rochefoucauld**. Maximes et réflexions morales, ornées de son portrait gravé d'après Petitot par S. S. Choffard, et d'un modèle de son écriture, par Miller. A Paris, chez Blaise, in-8, papier vélin, demi-rel. maroquin rouge (rel. ancienne).

393 — **Lesage.** Le Diable Boiteux nouvelle édition, augmentée d'une Journée des Parques. A Paris, chez Damonneville, 1756, 3 vol. in-12, figures, rel. veau m.

394 — **Odieuvre.** Recueil de 775 portraits et médailles, la plupart avec la première adresse, formant 5 volumes in-4, reliure veau marbré.

395 — **Représentation** des fêtes données par la ville de Strasbourg, pour la convalescence du roi, à l'arrivée et pendant le séjour de Sa Majesté en cette ville, inventé et dessiné par J. M. Weis, graveur de la ville de Strasbourg. (Imprimé par Laurent Aubert, à Paris, s. d.) In-folio rel. maroquin rouge aux armes (Padeloup).

396 — **Vie politique** de tous les députés à la Convention nationale, pendant et après la Révolution, par M. R (obert) à Paris, chez le S‍ʳ Michel, 1814, in-8, demi-rel.

397 — **Voltaire.** La Henriade, poème, ornée de dessins lithographiques. A Paris, chez E. Dubois, 1825, in-folio, demi-reliure maroquin vert, avec coins, ébarbé (reliure ancienne). Bel exemplaire sur papier vélin.

Paris. — Typ. PILLET et DUMOULIN, 5, rue des Grands-Augustins.